SAINT FIACRE

PATRON DES JARDINIERS

PAR

Mgr B. GASSIAT

protonotaire apostolique, docteur en théologie et en droit canon,
curé de Marnes-la-Coquette, diocèse de Versailles

SOCIÉTÉ GÉNÉRALE DE LIBRAIRIE CATHOLIQUE

PARIS	BRUXELLES
VICTOR PALMÉ	J. ALBANEL
ÉDITEUR DES BOLLANDISTES	DIRECTEUR DE LA SUCCURSALE
DIRECTEUR GÉNÉRAL	POUR LA BELGIQUE ET LA HOLLANDE
25, rue de Grenelle-St-Germain.	12, rue des Paroissiens.

1879

SAINT FIACRE

PATRON DES JARDINIERS

SAINT FIACRE

QUE CES DEUX MOTS : TRAVAIL, PRIÈRE,
SOIENT NOTRE DEVISE A JAMAIS !

(Cantique des Jardiniers à saint Fiacre.)

SAINT FIACRE

PATRON DES JARDINIERS

PAR

Mgr B. GASSIAT

protonotaire apostolique, docteur en théologie et en droit canon
curé de Marnes-la-Coquette, diocèse de Versailles

SOCIÉTÉ GÉNÉRALE DE LIBRAIRIE CATHOLIQUE

PARIS	BRUXELLES
VICTOR PALMÉ	J. ALBANEL
ÉDITEUR DES BOLLANDISTES	DIRECTEUR DE LA SUCCURSALE
DIRECTEUR GÉNÉRAL	POUR LA BELGIQUE ET LA HOLLANDE
25, rue de Grenelle-St-Germain.	12, rue des Paroissiens.

—

1879

AVIS DE L'ÉDITEUR

Nous offrons ces pages à la classe si nombreuse et si intéressante des Agriculteurs et particulièrement aux Jardiniers, dont l'art délicat et difficile ajoute tant de charmes à la vie paisible de la campagne.

Il y a longtemps que le poète a chanté leur bonheur :

O fortunatos nimium, sua si bona nôrint,
Agricolas !

Mais ce bonheur, le connaissent-ils ? Nous avons voulu leur en indiquer la somme en mettant sous leurs yeux une *Petite Vie* de leur glorieux patron, saint Fiacre, et une exquise Instruction morale sur les *Fleurs* qui nous a été gracieusement offerte par notre ami et collaborateur Mgr Gassiat.

Les corporations de Saint-Fiacre, très répandues dans la banlieue de Paris, nous sauront gré de clore cet opuscule par le *Cantique des Jardiniers*, si chantant et déjà si populaire.

En associant ainsi dans la même pensée religieuse l'éloquence, la musique et la poésie, nous n'avons eu qu'un but : celui de montrer aux hommes des champs combien il leur serait facile, s'ils le voulaient, d'être en même temps des hommes de Dieu.

Victor PALMÉ.

LES FLEURS[1]

*Benedicite universa germi-
nantia in terra Domino.*
Plantes et fleurs de la terre,
bénissez le Seigneur.
(Daniel, III, 76.)

Il est un livre immense, plein de lumières et
d'harmonies, ouvert et intelligible à tout le
monde, mais sur lequel la masse des hommes ne
jette qu'un regard distrait ou insouciant. Je veux
parler de la création physique : du ciel avec ses
myriades d'étoiles, de la terre avec sa luxuriante
végétation, des montagnes aux entrailles fé-
condes, du vaste et mystérieux Océan.

Si, en pleine possession de son intelligence, on
était soudainement transporté au milieu de tant
de beautés et de splendeurs, il y aurait de quoi
mourir de bonheur et d'étonnement, à moins d'y
avoir été préparé, comme Adam, par une grâce
particulière.

Mais, vous le savez, le goût s'affadit par l'usage
et, de par la fatale routine, ces sublimes et exta-
siants spectacles nous laissent froids, indifférents,

[1] Discours adressé aux jardiniers de Marnes-la-Coquette, le
30 août 1878, fête de saint Fiacre.

1

presque insensibles. Nous réservons nos admirations pour les mesquines et parfois lamentables combinaisons de l'art.

Un autre motif qui nous rend de plus en plus étrangers au magnifique langage de la nature, c'est la fascination qu'exerce sur nous son côté mercantile et lucratif.

La terre ne connaît pas la sordide avarice; elle rend au centuple ce qu'elle a coûté. Mais cette prodigalité même, source des plus pures et des plus légitimes jouissances, produit un effet désastreux : elle absorbe et possède le cœur et l'âme à tel point que, pour la plupart des cultivateurs, il n'y a rien en deçà, rien au delà. C'est un esclavage, — le pire de tous, — parce qu'il les courbe vers la terre sans leur laisser le temps de regarder le ciel.

Une telle appréciation de la nature, mes amis, est absolument fausse, et malheureuse surtout : fausse, car elle fait de l'univers un sombre laboratoire de physique et de chimie, au lieu du miroir qui reflète la divinité; malheureuse, parce qu'elle transforme la vie humaine, qui devrait être le vestibule du ciel, en un labyrinthe sans issue, un sacrifice sans but, un exil sans espérance.

Eh bien! si vous me le permettez, en ce jour où un fils de roi, devenu votre collègue et, par droit de sainteté, votre patron, vous réunit autour de sa glorieuse bannière et au pied du saint autel, je soulèverai devant vous un coin du voile qui recouvre tant de suaves et de saints mystères, et, afin de donner à mon allocution le charme de la couleur locale en restant sur votre propre terrain, à vous, les amis et les artistes de Flore, j'ouvrirai le grand livre à la page des Fleurs.

Daigne Celui qui qualifia son père de « divin Cultivateur » (1), et qui, au matin de la Résurrection, se montra lui-même à Madeleine sous la figure d'un jardinier (2), ouvrir vos âmes à l'éloquence et aux enseignements de ces gracieuses plantes.

I

Dès notre premier pas, nous faisons la plus douce et la plus heureuse rencontre : Notre-Seigneur Jésus-Christ nous apparaît sous l'image d'une fleur. Il le dit lui-même par la bouche d'un prophète : *ego flos campi*, je suis la fleur des champs (3).

Pourquoi le divin Maître se donne-t-il cet aimable nom?

La raison en est toute simple : la fleur des champs pousse sans culture. Il ne lui faut pour naître et s'épanouir que la rosée du ciel et la lumière fécondante du soleil.

Ainsi en est-il de Jésus-Christ. Sans le concours d'aucune puissance humaine, par la seule opération du Saint-Esprit, qui est comme le soleil de l'indivisible Trinité, il est conçu dans le sein d'une terre vierge, les chastes entrailles de Marie, et il s'épanouit librement parmi les hommes.

Cette image, du reste, et la doctrine qu'elle

(1) Pater meus agricola est (Joann., XV).
(2) Illa existimans quia hortulanus esset (Joan., XX, 15).
(3) Cantique des cantiques, ch. II, v. 1.

symbolise ont été l'objet d'une prophétie : *Et flos ascendet de radice Jesse,* de la tige de Jessé, c'est-à-dire de David, jaillira une fleur. La tige de Jessé, c'est Marie, fille de David, fleur elle-même des plus brillantes et des plus embaumantes, qui devait entraîner à l'odeur de ses parfums mille générations de vierges séduites par la vertu des lis (1). Jésus-Christ étant le fils de Marie dans sa génération humaine, il était donc la fameuse fleur annoncée par l'inspiré d'Israël.

Il y a une autre raison pour laquelle le Sauveur s'intitule « Fleur des champs. »

La fleur des champs appartient à tout le monde, parce qu'elle n'appartient à personne. Le premier venu, passant auprès d'elle, a le droit de tendre la main, de la cueillir, d'en orner sa poitrine, d'en aspirer les suaves exhalaisons.

De même, le Christ, venu librement et spontanément dans le vaste champ de l'humanité, appartient à l'humanité tout entière ; il se donne à quiconque fait le simple effort de le cueillir. *Non est acceptio personarum apud Deum* (2), il n'y a pour lui ni catégorie, ni race, ni caste ; il ne regarde pas si vous êtes juif ou païen, riche ou pauvre, heureux ou malheureux ; si vous sortez de l'école rurale ou de l'académie. Vous passez près de lui ; il vous charme par la beauté de sa doctrine, il vous séduit par la suavité de sa loi? Cédez à l'attrait, inclinez-vous, prenez-le, saisissez-le ; il vous appartient. Et, comme « son bonheur est de se trou-

---

(1) *Post te curremus in odorem unguen'orum tuorum* (Cantiq., I, 2). — *Adolescentulæ dilexerunt te* (Cant., I, 2).
(2) S. Paul aux Coloss., III, 25.

ver avec les enfants des hommes (1), » il fait aussi leurs délices en réjouissant leur cœur, en illuminant leur intelligence, en les rendant bons, généreux, clairvoyants et forts, et, après avoir embelli le chemin de leur pèlerinage sur la terre, il devient l'ornement et le bonheur de leur ciel.

II

Jésus-Christ est donc dans les fleurs, comme il est dans tout le reste. Elles révèlent sa sagesse, proclament sa bonté ; et leur langage a cela de commun avec l'Eglise, qu'il est universel et catholique comme elle, intelligible comme elle à tous les siècles et à tous les pays.

Qui ne verrait là le miracle permanent de la Pentecôte ? Les Apôtres, prêchant sur les places publiques de Jérusalem, parlaient leur propre langue ; et cependant les peuples nombreux et divers composant l'auditoire les entendaient chacun dans son idiome national (2). Ainsi la langue unique des fleurs est comprise sans interprètes par tous les peuples de la terre, indépendamment de tout climat et de toute nationalité.

Toutefois, prenons garde de confondre le langage des fleurs dont il est ici question avec le langage des fleurs tel qu'un monde vain et frivole l'entend, dont il se sert pour exprimer les sentiments les moins avouables, parfois même

(1) Deliciæ meæ esse cum filiis hominum (Proverb., VIII, 31).
(2) Quoniam audiebat unusquisque linguâ suâ illos loquentes (Act. des Ap., II, 6).

comme messager des plus avilissantes passions.

Cette parole qu'on leur prête est à leur idiome naturel ce qu'un patois barbare est à une langue policée et régulièrement formée : c'est l'argot des bagnes destiné à tromper la vigilance des gardiens.

Quand le prophète convie les fleurs et les plantes à bénir le Seigneur (1), il entend qu'elles le fassent en un langage naturel et non emprunté : celui-là même que le Créateur leur donne. Or, ce langage est harmonieux et sonore ; il a des accents purs et religieux ; c'est la belle littérature des âmes, la suave poésie des cœurs.

En voulez-vous un spécimen ? Le voici :

Un jour, deux gentilshommes, revenant d'un tournoi où ils s'étaient couverts de gloire et d'honneur, eurent à traverser un grand et beau jardin, émaillé des fleurs les plus gracieuses et les plus embaumées. Ils furent saisis de la beauté du spectacle, et l'un dit à l'autre :

— « Convenons d'une chose ; nous allons par-
« courir ce jardin en silence, recueillant avec
« attention toutes les pensées que ces fleurs
« feront naître en notre esprit ; et puis, en toute
« franchise, nous nous les communiquerons réci-
« proquement. »

Le pacte est accepté, et aussitôt ponctuellement exécuté.

Parvenus à l'extrémité du parterre, ils prirent chacun une feuille de papier blanc pour y consigner séparément leurs impressions ; et, —

(1) Benedicite universa germinantia in terra Domino (Daniel, III, 76. — Cantique des trois enfants dans la fournaise).

hasard providentiel! — il se trouva que tous les deux avaient écrit cette parole du prophète : *Gloria quasi flos agri* (1), la gloire est comme la fleur champêtre ; c'est-à-dire qu'elle brille, mais ne dure pas.

Frappés de cette coïncidence, ils ne s'en tirent pas à une stérile admiration, mais, s'excitant l'un l'autre par de saints colloques, ils résolurent de s'enfermer dans un cloître, pour y vaquer plus librement à la contemplation de la Beauté éternelle, celle qui ne connaît ni défaillance ni déclin, et leur décision accrut le trésor de l'Eglise de deux illustrations nouvelles dans la science et la vertu (2).

Comme vous le pensez bien, mes amis, en vous invitant à méditer sur les fleurs, je n'ai ni la prétention ni même le désir de vous amener à de pareilles conséquences, de vous transformer en trappistes ou en chartreux. Mes visées sont moins hautes ; je veux uniquement prouver que la contemplation des fleurs, faite dans le recueillement de l'âme, dans le silence des passions, et lorsque la conscience est seule en présence du Dieu qui doit la juger, répand d'éblouissantes clartés sur le problème de la vie humaine, et donne une merveilleuse facilité pour le résoudre infailliblement.

Analysons l'observation des gentilshommes.

Quoi de plus gracieux qu'une fleur sur sa tige svelte, élégante, élancée ?

— C'est l'image de la jeunesse si fière de ses

(1) Isaïe, XL, 6.
(2) Lhomer, biblioth. concion. t. IV, histor. § 11, nᵒ XIII.

charmes naturels, de sa santé, de sa force; si folle dans ses espérances, si impétueuse dans ses désirs.

Mais « la fleur tombe », dit le prophète (1), *cecidit flos*. Ainsi, la plus verdoyante jeunesse s'étiole et s'évanouit; et, par une dérision amère, elle l'ignore ou elle l'oublie...

Quoi de plus brillant, aux jours printaniers, que les perles et les diamants de ses corolles, rivalisant d'éclat et de superbe avec le soleil!

C'est l'image de l'ambition, de l'esprit de conquête, du luxe éblouissant des grands de ce monde, ivres de puissance et d'orgueil.

Mais « la fleur tombe, » dit encore le prophète, *cecidit flos*. Ainsi, toutes les ambitions, toutes les présomptions, toutes les audaces, toutes les enflures de la fortune ou du génie, vont tristement naufrager contre la pierre du tombeau. Vous qui connaissez l'histoire, souvenez-vous de la Roche tarpéienne (2); et vous qui ne la connaissez pas, contentez-vous d'entrer dans un cimetière, et concluez!

Quoi de plus délectable au regard que les mille nuances des fleurs, et au tact, que le velouté de leurs pétales, la poussière soyeuse de leurs étamines et de leurs pistils!

C'est l'image des plaisirs mondains apportant

(1) Isaïe, XL, 7.
(2) *La Roche tarpéienne est près du Capitole.* Parole de Mirabeau qui est devenue proverbiale, et qui signifie que le supplice touche souvent au triomphe, l'ignominie à la gloire. La Roche tarpéienne, d'où l'on précipitait à Rome les criminels, était en effet située près du Capitole, où l'on couronnait les triomphateurs.

aux sens des joies immodérées, et à l'âme ces passions frémissantes qui font tout oublier, jusqu'à la conscience et l'honneur.

Mais « la fleur tombe, » dit toujours le prophète, *cecidit flos :* nuances, velouté, poussière soyeuse, étamines et pistils, tout s'effondre et disparaît sans retour, après quelques heures.

Ainsi passent les plaisirs de ce monde, ne laissant au cœur que des souvenirs : trop heureux quand ces souvenirs ne sont pas des remords !

Enfin, que dire du parfum des fleurs, de ces enivrantes émanations qui, en pénétrant tout notre être, ont le merveilleux privilège d'endormir nos douleurs physiques et de calmer un instant les peines morales dont la vie est semée?

C'est bien l'image saisissante de cette volupté indéfinissable qui s'élève de la lecture de certains livres, où l'imagination des auteurs, parlant à la nôtre, nous berce dans des rêves enchanteurs.

Effrayant symbole, mes amis !

La science, en effet, nous avertit de nous prémunir, pendant le sommeil et dans un appartement clos, contre les exhalaisons des fleurs. Pourquoi? Parce que, la nuit, les fleurs *aspirent* l'oxygène, c'est-à-dire l'air vital, et *expirent* le carbone, c'est-à-dire l'air vicié, et, après quelque temps, elles font ainsi à l'imprudent dormeur une atmosphère corrompue qui recèle la mort.

Or, ce que la science et l'expérience disent des fleurs, la foi le dit avec une égale raison des lectures frivoles, de certains ouvrages modernes au style entraînant et fascinateur. Ils ont le triste destin d'absorber la morale chrétienne, le dogme chrétien, la grâce divine qui forme l'air ambiant,

l'atmosphère des âmes, et d'exhaler, au contraire, les principes subversifs de tout ordre,
l'impudicité, la révolte, et cet indifférentisme
religieux, qui jette la confusion dans les cons-
ciences en attendant de les asphyxier.

Voilà ce que disent les fleurs. Certes, je com-
prends la grande résolution des deux soldats
dont je parlais tout à l'heure, et qui, en plein
éblouissement de la gloire, en reconnurent la
caducité et le néant. Mais je ne comprendrais pas
des enfants du Christ qui, sans concevoir de tels
desseins, se montreraient inaccessibles à leurs
saines et saintes pensées.

III

Mais poursuivons : les fleurs renferment bien
d'autres enseignements encore; on peut dire que
leur vie est une prédication éloquente de toutes
les vertus. Qui mieux que vous, habiles jardiniers-
fleuristes, connaît leur proverbiale sobriété?

Sans doute il est des fleurs naturellement alté-
rées, elles exigent de fréquents arrosages, dans
une juste mesure toutefois; et c'est en cela pré-
cisément que la sobriété consiste : *ne quid nimis*,
pas d'excès! Car si le trop peu d'arrosage les des-
sèche, l'excès contraire les débilite, et l'une et
l'autre faute amènent d'une manière infaillible le
dépérissement, la dégénérescence, la mort.

Je n'insisterai pas sur ce point à cause de la
transparence du symbolisme, et parce que j'ai
hâte d'arriver aux vertus majeures dont les fleurs

nous offrent des emblèmes charmants. Et d'abord la charité dans ce qu'elle a de plus simple et en même temps de plus noble et de plus élevé.

Les fleurs se plaisent ensemble, comme des sœurs affectueuses, à l'âme pure et au cœur droit, qui s'honorent d'une mutuelle sympathie. Et cela, quels que soient leur forme, leur mérite personnel, leur éclat respectif et leur parfum. Le parterre est pour elles comme un foyer domestique, un banquet fraternel où elles vivent de la même rosée et du même soleil dans l'union la plus cordiale et dans la plus suave harmonie. Le myosotis n'est pas écrasé par la rose; le lis n'insulte pas à l'héliotrope ou au muguet. Quoique l'on ait dit de la marguerite qu'elle est « la reine des fleurs et la fleur des reines, » elle porte son sceptre sans fierté; elle ne tient pas cour plénière, elle n'éclabousse pas les humbles et les petits. Aimables plantes, qui rendent toute l'amitié qu'on leur donne et qui ne blessent jamais les oreilles par des bruits de guerre et de révolution! Et cependant elles viennent de toutes les parties du monde ; il n'est pas rare de rencontrer dans la même serre la flore de toutes les zones et de tous les climats !

Sans doute il y a la sensitive un peu trop susceptible et la balsamine impatiente qui se recoquille sitôt qu'on la touche. Il le faut bien pour que la société chrétienne se retrouve tout entière en raccourci dans l'ordre végétal. Mais ce sont là des nuances de caractère qui ne troublent pas l'harmonie générale. On peut dire, au contraire, qu'elles multiplient les charmes de la variété.

Et maintenant, auscultons-nous nous-mêmes. Nous sommes les fleurs vivantes du Christ; nous composons l'immense parterre de l'Eglise. La bonne et douce fraternité est-elle notre trait distinctif? Elle le fut un jour dans les siècles antiques. — « Voyez comme ils s'aiment! » disaient les païens en parlant des premiers fidèles.

Ah! si l'on pouvait dire la même chose, non seulement des jardiniers, mais de tous les corps d'état, de tous les citoyens, de toutes les familles, de tous les degrés de la hiérarchie sociale, quel délicieux concert! quelle céleste symphonie! La France aurait bientôt repris le rang d'honneur qui lui appartient; et chacun bénéficierait de la prospérité commune, après en avoir été l'artisan. — Paresseux, regarde la fourmi, disait le prophète (1); moi, j'oserai dire : Enfants de Dieu, regardez les fleurs!

Il y aurait des volumes à écrire sur ce délicieux symbolisme des fleurs, et ils doivent être faits sans doute, car rien de nouveau sous le soleil (2). Je terminerai donc par quelques mots sur une vertu de premier ordre que les fleurs nous enseignent *ex cathedra* : la reconnaissance.

La reconnaissance n'est pas une vertu vulgaire, parce qu'elle suppose un ensemble de qualités qui se trouvent réunies rarement.

Elle suppose d'abord, dans le cœur, l'instinct de l'affection, et dans l'âme cette sagacité du regard qui sait discerner un bienfait. Beaucoup de personnes ont le premier élément de la reconnaissance; car elles sont aimantes; mais elles manquent absolument du second. De même qu'il y a

(1) Vade ad formicam, o piger (Proverb., VI, 6).
(2) Nihil sub sole novum (Ecclesiaste, I, 10).

des yeux qui ne savent pas discerner certaines couleurs, de même il y a des personnes incapables de discerner le caractère des actes accomplis en leur faveur, confondant volontiers la dette avec la créance, et ne voyant dans un service rendu que le paiement d'une dette imaginaire. C'est une illusion d'optique morale ; elles voient faux.

En second lieu, la reconnaissance, étant un élan du cœur, suppose l'absence de l'égoïsme, de ce principe reflexe qui nous retient invinciblement dans le cercle étroit de notre personnalité. Pour parler comme en physique, la reconnaissance est une espèce de force centrifuge qui jette le cœur hors de lui-même, et l'égoïsme une espèce de force centripète qui le ramène à soi et sur soi. De la combinaison de ces deux énergies puissantes et en sens contraire naît une rotation : le cœur tourne sur lui-même, il ne s'élance pas.

Enfin, la reconnaissance exclut formellement l'orgueil, qui est l'une des formes les plus accentuées de l'égoïsme. Considéré philosophiquement, le bienfait, dans son essence, implique une idée d'infériorité dans celui qui le reçoit et de supériorité dans celui qui le dispense. C'est pourquoi il ne justifierait pas son nom entre les égaux ou censés tels, comme les époux, les frères, les amis véritables. Dans ces circonstances il n'est plus bienfait ; il devient bon office, cadeau ou souvenir ; il constitue un devoir dont l'accomplissement ne donne droit à aucune reconnaissance. On ne se doit pas de la reconnaissance à soi-même, et les parents et les amis sont une partie de nous-mêmes ; ils complètent notre être moral et social.

Mais le bienfait proprement dit crée une sorte de subordination de la partie prenante à la partie donnante. C'est pourquoi il heurte directement et violemment l'orgueil ; il le blesse, et de cette blessure jaillissent les ingrats.

Cette observation explique les rancunes religieuses d'un certain nombre de journalistes et d'écrivains publics, transfuges du sanctuaire que je ne nommerai pas ici par respect pour la chaire chrétienne. Voulez-vous savoir pour quel motif, ayant aimé l'Eglise dans leur jeunesse, quelquefois passionnément, ils la détestent dans l'âge mûr, au point de l'outrager ignominieusement et d'allumer contre elle des haines féroces ?

Ouvrez leur histoire, et vous trouverez que cette même Eglise les avait ramassés un jour dans leur abjection. Abrités sous son toit, admis à sa table, initiés par elle aux secrets de la science et aux charmes de la vertu, ils doivent tout à cette Mère auguste et vénérable ; et, tout à coup, ils lèvent la main sur elle pour la frapper, et ils n'écrivent que pour la flétrir !.....

La reconnaissance, joug aimable et léger pour les esprits modestes et les cœurs généreux, devient un fardeau intolérable pour leur orgueil indompté. Ils se déchaînent contre le créancier, espérant périmer ainsi la créance... Quel spectacle révoltant !

Tournons-nous vers les fleurs, mes amis ! Au triple point de vue que j'ai signalé, elles sont d'admirables modèles de reconnaissance.

Leur infaillible instinct ne les trompe jamais sur la réalité du bienfait. Etrangères à l'égoïsme, leur entière existence roule autour d'un centre unique: le prochain, ou, si l'expression vous paraît trop hardie, l'homme, son maître et sa fin dernière (1). Rien pour elles, tout pour nous. Mourir où l'on eut le bonheur de naître, sous le toit paternel, au milieu des parents et des amis d'enfance, c'est le rêve des hommes de cœur et des âmes délicates. Les fleurs renoncent pour nous à cette douce et chère destinée. Leur principal souci est de plaire à ceux qui les cultivent, de faire leur fortune, leur joie et leur orgueil. Etre détachées de leur tige et composer un bouquet, c'est la mort précoce pour elles; elles le savent, n'importe! Elles s'en vont joyeuses et fières, parce que ce dernier sacrifice fera le bonheur de quelque être aimé. Voilà pourquoi le bouquet a été de tout temps et sera à jamais le symbole de la reconnaissance vis-à-vis d'un bienfaiteur, et exprimera ce que les lèvres humaines sont impuissantes à exprimer, ce mot qu'en le disant toujours on ne répète jamais: Je vous aime!

Mais dans la reconnaissance, comme dans l'amour, il y a une hiérarchie dont Dieu occupe le sommet. C'est aussi à Dieu que les fleurs adressent d'abord leurs actions de grâces. Déjà dans le parterre, c'est vers lui qu'elles dirigent les prémices de leurs parfums. Le parfum est un fluide qui se dégage et monte. Qui monte où? Au ciel d'où il est descendu (2), vers le Dieu qui s'occupe de la fleur et du brin d'herbe comme de l'ange, comme de l'homme.

(1) Mundum homini non sibi fecit Deus (Tertull.).
(2) Quod autem ascendit, quid est, nisi quia et descendit primum in inferiores partes terræ (Act. Ephes., I, 9).

Mais ce Dieu, si haut par sa nature, s'est rapproché de nous par sa bonté ; il s'est abaissé jusqu'au niveau des plus humbles, jusqu'à se cacher sous l'enveloppe opaque de l'humanité, s'appliquant à dérober aux faibles regards des mortels les éblouissements de sa gloire. Un jour aussi il essaya de se cacher pour se soustraire aux pieuses obsessions de la Chananéenne, et il ne put réussir, dit Tertullien après l'évangéliste (1), *voluit et non potuit ;* la foi ardente d'une femme sut le découvrir dans sa retraite et le forcer en quelque sorte à entendre sa prière et à l'exaucer (2).

Il n'a pas échappé davantage à l'instinct des fleurs. Elles aussi l'ont cherché, et elles l'ont trouvé au tabernacle de l'autel, vivant et glorieux sous le voile des saintes espèces ; et dès ce moment elles ne cessent de lui tresser des couronnes et de faire monter vers lui l'encens de leur haleine embaumée.

Ah ! le prophète peut être content ; les fleurs ont entendu sa parole et répondu à son invitation (3) ; jamais harpe harmonieuse n'a mieux chanté les louanges du Créateur, béni et exalté le nom sacré de Jéhovah.

Vous me pardonnerez, mes braves et chers amis ; mais j'éprouve ici une émotion dont je ne me sens pas le maître, et il faut que vous accordiez à mon cœur la permission de vous l'exprimer.

Tout ce que le céleste Horticulteur fait pour les fleurs de vos parterres, il l'a fait également pour

(1) Et ingressus domum, neminem voluit scire et non potuit latere (S. Marc, VII. 24).
(2) Fiat tibi sicut vis (S. Matth., XV, 28).
(3) Daniel, III, 76.

vous. Comme à elles il vous donna l'existence, la chaleur qui féconde, la lumière qui vivifie, la force et la souplesse du corps, le bienfait de la santé; mais, ce qui vous met infiniment au-dessus d'elles, ce sont les grandeurs et les splendeurs qu'il accumula dans votre nature en vous donnant la parole et la pensée, la volonté et la mémoire, la liberté et l'immortalité. Et ce n'est là qu'un détail de sa munificence dans l'ordre naturel. Que serait-ce si nous abordions l'ordre surnaturel et le domaine de la grâce? s'il nous était loisible d'énumérer ici les miséricordes de ce Dieu pour nous, son incarnation, ses souffrances, sa mort, les ingénieuses inventions de son amour pour nous rectifier dans nos erreurs, nous relever dans nos chutes, nous consoler dans nos angoisses, nous soutenir dans nos labeurs? si nous le contemplions bénissant nos berceaux, pleurant sur nos tombes et nous introduisant, après l'exil, dans le royaume des éternelles clartés?

Non jamais, si zélés, si diligents, si passionnés que vous soyez pour votre art, jamais vous n'avez cultivé et soigné une fleur quelconque comme Notre-Seigneur cultive et soigne votre âme. Et vous, qu'avez-vous fait et que faites-vous pour lui? Fleurs précieuses de son parterre, la sainte Eglise, lui rendez-vous gloire et honneur? Dirigez-vous vers lui le parfum de vos prières? Lui tressez-vous des couronnes en vous groupant, selon son désir et sa loi, autour de ses autels? Hélas!... trois fois hélas!...

La vieille botanique de nos pères dit une étrange chose du rosier des Alpes. Tant que cet arbuste reste sauvage et sans culture, il n'a pas d'épines; mais dès qu'il est transplanté, arrosé, cultivé avec soin, il se hérisse de pointes aiguës qui blessent la main de ses cultivateurs. Sinistre emblème du chrétien ingrat qui répond aux bienfaits du ciel par les épines du péché et de l'indifférence religieuse.

Ah ! vous n'imiterez pas le rosier des Alpes (1). Vous prendrez pour modèles vos propres fleurs si fraîches, si gracieuses, si parfumées. Il en est une surtout qui se recommande d'elle-même. On l'appelle Tournesol, et vulgairement Soleil, parce qu'elle en a quelque peu la forme, la magnificence et l'éclat. De plus, comme si elle voulait rendre grâces à l'astre du jour à qui elle doit son éclatante parure, elle est sans cesse tournée vers lui, elle le suit en le fixant de l'aurore au couchant.

Telle doit être, mes chers amis, votre attitude en face du Soleil de justice, notre divin Rédempteur. Il vous donne la grâce, il vous promet la gloire. Que de l'aurore au couchant de l'existence humaine vos cœurs soient fixés sur son cœur; ambitionnez d'en reproduire ici-bas la pureté et les tendresses. Soyez des fleurs divines, afin qu'au jour suprême le céleste Jardinier, vous reconnaissant au parfum de vos vertus, vous cueille comme un bouquet digne d'orner et d'embaumer le ciel pendant toute l'éternité.

(1) Cette particularité est attribuée à une espèce d'églantier alpestre, par le P. Caussin, prédicateur célèbre du XVIe siècle, confesseur de Louis XIII. Malgré nos recherches, nous n'avons pu la contrôler scientifiquement.

PETITE VIE

DE SAINT FIACRE

D'APRÈS LES BOLLANDISTES

ET

LE R. P. GIRY.

Fiacre était fils d'Eugène IV, roi d'Ecosse. Ce prince le mit dès son enfance, avec deux autres de ses fils, sous la conduite de Conan, évêque de Sor, afin qu'il apprît en même temps de ce sage prélat les maximes de la piété et les éléments des lettres humaines. Docile aux instructions de son saint précepteur, Fiacre préféra le service de Dieu aux plaisirs et aux honneurs du monde ; il résolut, quoiqu'il fût l'aîné et l'héritier légitime de la couronne d'Ecosse, d'abandonner la cour du roi son père, pour se retirer dans quelque solitude, à l'abri des tempêtes du siècle. Il communiqua ce généreux dessein à la princesse Sira, sa sœur, qui le partagea. S'animant l'un l'autre, ils conviennent de renoncer à leur pays. Ayant quitté la cour à l'insu de leur père, ils se rendent vers la mer, s'embarquent et passent en France.

Ils ne cherchaient qu'un lieu solitaire pour se

retirer. Ils en trouvèrent un près de Meaux, pour le bonheur et la gloire éternelle de ce diocèse. Ils s'adressèrent donc à saint Faron, qui en était évêque. Il écouta leur proposition et se fit un plaisir d'y satisfaire. La princesse Sira demandait un monastère, où, vivant avec de saintes vierges, elle ne pensât plus qu'à Jésus-Christ, qu'elle avait pris pour son époux. Le saint évêque la mit en celui dont sainte Fare, sa sœur, était abbesse, lequel fut depuis nommé Faremoutier. Saint Fiacre voulait avoir un lieu dans la forêt de Fortille, pour s'y renfermer, afin de ne s'occuper plus qu'à la contemplation des choses célestes. Faron lui accorda une portion de terre : notre bienheureux prince y construisit aussitôt un petit monastère et le consacra à la très sainte Vierge, à laquelle, dès son enfance, il portait une singulière dévotion. Il y mena une vie angélique, tant par son application continuelle à Dieu que par la pratique des vertus qui soumettent entièrement la chair à l'esprit. Il faisait la guerre à ses passions, dont il réprimait les moindres saillies, et il traitait son corps avec autant de sévérité et de rigueur que s'il eût été tout à fait insensible. Son histoire dit qu'il y avait en cela de l'excès, et qu'il était un trop cruel ennemi de lui-même : *Proprio corpori hostis nimis austerus.* Il mangeait peu, afin d'avoir davantage à donner aux pèlerins et aux pauvres qu'il recevait charitablement en son ermitage. Il employait à leur subsistance tout ce qu'il pouvait amasser.

Sa sainteté s'étant répandue, on eut recours à lui des lieux les plus éloignés. On lui amena de toutes parts des énergumènes et toutes sortes de

malades, et, par le mérite de ses prières et l'im-
position de ses mains, il délivra les uns et rendit
une parfaite santé aux autres. Saint Chilain, revenant de Rome, où il avait été en pèlerinage, et
passant par la Brie, visita notre saint Solitaire. Il
vit que sa sainteté surpassait encore sa réputa-
tion, pourtant si grande. Saint Fiacre fut ravi de
la visite d'un si saint personnage. Il eut des en-
tretiens célestes avec lui, qui le confirmèrent dans
son dessein de vivre caché aux yeux du monde.
Saint Chilain était son proche parent ; mais ils
firent ensemble une liaison spirituelle qui fut bien
plus forte que celle de la chair et du sang. Saint
Faron fut bientôt informé du mérite de saint
Chilain. Il conféra souvent avec lui, et, ayant
remarqué les grands talents dont la nature et la
grâce l'avaient favorisé pour servir utilement
l'Eglise, il l'ordonna prêtre, puis évêque, et l'envoya dans l'Artois pour y prêcher l'Evangile et
achever la conversion du peuple de cette pro-
vince, d'où l'idolâtrie n'était pas encore tout à
fait bannie. Ce grand homme mourut en faisant
ces fonctions apostoliques. Ses reliques furent
plus tard déposées dans la châsse de saint
Fiacre.

Le nombre des pèlerins et des pauvres qui
venaient implorer la charité de ce bon solitaire
augmentant de jour en jour, il se trouva dans
l'impuissance de les recevoir tous sans un nouveau
secours de saint Faron. Il l'alla trouver pour le
prier de lui donner dans la forêt un terrain suf-
fisant pour y semer des légumes, avec lesquels
il pût subvenir aux nécessités de ses hôtes. Ce prélat acquiesça à sa demande, et lui accorda autant

de terre auprès de son ermitage qu'il pourrait, en creusant lui-même un jour entier, en entourer d'un petit fossé ; tout ce qui se trouverait renfermé dans l'étendue de cette circonvallation lui appartiendrait en propre et comme un bien de patrimoine. Dieu permit qu'on lui prescrivît cette condition, afin de faire éclater davantage la sainteté de son serviteur. Car saint Fiacre ne fut pas plutôt de retour en sa solitude, que, prenant un bâton à la main, après avoir fait une prière pleine de confiance en Dieu, il traça sur la terre une ligne pour faire le circuit de son jardin ; mais, par un prodige surprenant et presque incroyable, à mesure qu'il avançait, la terre s'ouvrait d'elle-même et les arbres tombaient de côté et d'autre. Pendant cette merveille arrive une femme, qui, ayant vu la terre s'ouvrir à la seule présence de l'homme de Dieu, courut promptement à l'évêque lui dire que cet ermite, qu'il considérait tant, n'était qu'un magicien et un enchanteur, et qu'elle lui avait vu, de ses propres yeux, faire des sortilèges inouïs ; puis, retournant sur ses pas à la forêt, elle entreprit le saint, et, après avoir vomi mille injures atroces contre lui, elle lui ordonna de cesser son travail, ajoutant que l'évêque allait venir lui-même lui confirmer cette défense. Saint Fiacre, obéissant, quoique fort affligé de cette calomnie, s'arrêta ; mais, comme il voulut s'asseoir sur une pierre, pour se reposer en attendant la venue du saint prélat, les prodiges se succédant les uns aux autres, la pierre se creusa d'elle-même en forme de chaise, afin que le saint y fût plus à son aise. On la voit encore dans l'église qui fut depuis bâtie en son honneur, où elle se conserve pour servir de monument éternel de ce grand miracle. Cependant saint Faron arriva, et, voyant la vérité de toutes ces merveilles, il fut encore plus persuadé qu'auparavant du grand mérite et de la sainteté du bienheureux ermite ; il l'en aima plus tendrement que jamais et l'honora depuis, toute sa vie, d'une singulière familiarité.

Pendant que saint Fiacre jouissait tranquillement des délices de la solitude, le roi son père mourut, et Ferchard, son cadet, succéda à la couronne d'Ecosse ; mais, comme ce prince se laissa infecter de l'hérésie des pélagiens, qui régnait alors en ce royaume, et qu'il se prostitua à toutes sortes de crimes, ainsi qu'il arrive ordinairement à ceux qui abandonnent la véritable religion, il s'attira tellement la haine de tous ses sujets, que, dans une assemblée d'Etat, il fut déposé et renfermé dans une prison. On délibéra ensuite entre les mains de qui l'on mettrait la couronne, et tous les ordres étant unanimement convenus de la donner à saint Fiacre, à qui elle appartenait de plein droit, ils envoyèrent des ambassadeurs à Clotaire III, roi de France, pour le supplier d'employer toute son autorité afin de l'engager à quitter son ermitage et à retourner en Ecosse pour y prendre la couronne du roi son père. Notre saint, ayant eu révélation de tout ce projet, demanda à Dieu, à force de larmes et de prières, de ne pas permettre qu'il sortît de sa chère solitude, où il goûtait de si grands plaisirs, pour posséder des honneurs qui n'étaient remplis que de périls et auxquels il avait renoncé de tout son cœur pour son amour. Sa prière fut exaucée. Il devint aussitôt semblable à un lépreux, afin

que les envoyés, le trouvant en cet état, qui leur
ferait horreur, perdissent la pensée de l'élever sur
le trône. En effet, quand ils le virent si défiguré,
ils lui demandèrent fort froidement, et seulement
pour s'acquitter de leur mission, s'il ne voulait
pas revenir en son pays pour prendre la couronne que le roi son père lui avait laissée, dési-
rant intérieurement qu'il refusât, tant ils con-
çurent de dédain de sa personne. « Sachez, leur
« répondit saint Fiacre, que cette plaie dont vous
« me voyez couvert n'est pas un effet de l'in-
« tempérie de la nature, mais une grâce que Dieu
« m'a faite pour me confirmer dans mon humilia-
« tion; et soyez persuadés que je préfère cette
« petite cellule au plus grand royaume de l'uni-
« vers; qu'ici je fais mon salut en assurance, et
« qu'avec le sceptre que vous m'offrez, je serais
« exposé à mille dangers de me perdre. » Les
ambassadeurs s'en retournèrent contents de ce
refus; mais le saint eut encore plus de joie de
demeurer solitaire; sa lèpre, que Dieu ne lui
avait envoyée que pour favoriser son humilité, se
dissipa, et son visage se remit dans sa beauté na-
turelle. Notre saint avait fait bâtir une espèce
d'hôpital pour les étrangers; il y servait les
pauvres lui-même. Mais il ne permettait pas aux
femmes d'entrer dans l'enceinte de son ermitage;
il paraît que c'était une règle inviolable chez les
moines irlandais. On voit encore aujourd'hui que,
par respect pour la mémoire de saint Fiacre, les
femmes n'entrent ni dans le lieu où il demeurait
à Breuil, ni dans la chapelle où il fut enterré. Anne
d'Autriche, reine de France, y ayant fait un pèlerinage, se contenta de prier à la porte de son

oratoire. Saint Fiacre passa le reste de sa vie dans son ermitage, d'où il envoya son âme au ciel le 30 août, environ vers l'an 670. Son corps fut enterré dans la chapelle qu'il avait fait bâtir en l'honneur de la sainte Vierge : depuis, il a été transféré dans l'église cathédrale de Meaux, où il repose dans une châsse d'argent doré, donnée par Louis XI.

Il s'est fait tant de miracles à son tombeau et par son intercession, qu'il serait impossible d'en faire ici le détail ; j'en dirai seulement quelques-uns pour exciter les lecteurs à la dévotion envers un saint qui est si puissant auprès de Dieu. Un habitant de Monchy, en Picardie, portait sur un cheval deux de ses enfants malades au sépulcre de saint Fiacre, pour en obtenir leur guérison. Comme ils passaient sur un pont, que l'on appelait Rapide à cause de la violence des eaux, qui était extrême en cet endroit, le cheval tomba dans la rivière avec le père et les deux enfants. Les assistants ne pouvaient pas les secourir, parce que la rivière, au lieu où ils étaient tombés, était haute de dix ou douze pieds. Mais le Saint qu'ils invoquèrent leur apparut, et les retira tous trois de dessous les eaux : alors le père, prenant ses enfants par la main, l'un de la droite et l'autre de la gauche, les mena à terre, marchant facilement sur les eaux sans enfoncer ; et, pour rendre le miracle plus éclatant, ces enfants furent en même temps délivrés de leur maladie aussi bien que du péril.

Quatre petits garçons, se baignant dans la rivière d'Oise, furent ensevelis dans les eaux, sans que l'on pût trouver leurs corps, quoique des pêcheurs les eussent cherchés durant plusieurs heures. La mère des deux dont nous venons de parler, qui étaient de ce nombre, eut recours à saint Fiacre, et le pria de montrer encore une fois en cette occasion le pouvoir qu'il avait dans le ciel, et de leur sauver la vie. Aussitôt ils parurent tous quatre sur les eaux, et déclarèrent que saint Fiacre les avait délivrés.

Un homme avait sur le nez un polype de la grosseur d'un œuf, ce qui le rendait monstrueux; il visita le tombeau de notre Saint; là, après avoir fait sa prière, il s'endormit, et, à son réveil, il se trouva parfaitement guéri. Sept pèlerins revenaient de Saint-Denis, en France, et, passant près du monastère du serviteur de Dieu, quatre de la troupe dirent aux autres : « Allons au sépulcre « de saint Fiacre. — Nous ne sommes pas ga- « leux, répondirent les trois autres; nous n'a- « vons que faire d'y aller; il n'y a que les galeux « qui y vont en pèlerinage. » Et, en se raillant de leurs compagnons, ils leur disaient : « Allez- « vous-en, vous qui êtes galeux, au médecin des « galeux. » En même temps ils perdirent la vue et ne la recouvrèrent que par les mérites du Saint, au tombeau duquel les autres les conduisirent.

L'an 1620, un religieux écossais, digne de créance, allant, par obéissance au Souverain Pontife, en l'île de la Grande-Bretagne, pour y assister les catholiques, fut surpris, en passant la mer d'une si furieuse tempête, que l'équipage avait perdu toute espérance. Chacun invoquait le saint auquel il avait dévotion. Le religieux eut recours à saint Fiacre, qui lui apparut aussitôt et lui dit d'une voix intelligible : « Je suis Fiacre, Écos-

« sais de nation comme vous ; ayez confiance en
« Dieu, et je le prierai qu'il vous préserve du
« naufrage. » Il n'eut pas plutôt dit ces paroles,
que la tempête cessa, au grand étonnement de
toute la compagnie.

La dévotion envers saint Fiacre a été de tout
temps très célèbre parmi les fidèles, tant en ce
royaume qu'ailleurs. Louis XIII, surnommé le
Juste, roi de France, avait tant de vénération
pour lui, qu'il voulut avoir de ses reliques dans
son palais, comme de l'un des plus puissants pro-
tecteurs de son royaume. On ressentit les effets
de cette protection, lorsqu'il délivra la France
d'Henri V, roi d'Angleterre. Ce prince, ayant été
défait en la journée de Beaugé (1421) par l'armée
de Charles VI, indigné de ce que les Écossais
avaient servi dans l'armée de France, pour se
venger d'eux fit piller par ses troupes le monastère de Saint-Fiacre et faire de grands dégâts aux
environs de Meaux ; mais il ne fut pas longtemps
sans être puni de son irréligion, car, quelque
temps après, il tomba dans la maladie que l'on
appelle de *Saint-Fiacre*, de laquelle il mourut au
bois de Vincennes, sans avoir pu recevoir aucun
soulagement par les remèdes des hommes.

Le corps de saint Fiacre repose dans la cathédrale de Meaux, comme nous l'avons déjà remarqué, mais on en a séparé quelques ossements
pour contenter la dévotion des fidèles. Le grand-
duc de Toscane en obtint un petit par la faveur
de la reine Marie de Médicis ; et, en reconnaissance des grâces qu'il reçut ensuite par l'intercession du Saint, il fit bâtir, à Florence, une belle
église en son honneur. Les chanoines de Meaux,

l'an 1637, firent présent de l'une de ses vertèbres au cardinal de Richelieu ; elle fut déposée dans l'église paroissiale de Saint-Josse, à Paris, l'an 1671, par la piété de la duchesse d'Aiguillon, pour la confrérie qui y fut établie en l'honneur de saint Fiacre. Cette confrérie est très ancienne, et, depuis Charles VI, qui voulut y être enrôlé avec toute la maison royale, les rois de France se sont fait gloire de s'en mettre. Le lieu où est bâtie la chapelle de cette confrérie était autrefois un hôpital, dans lequel on tient, par tradition immémoriale, que saint Fiacre logea, en arrivant d'Ecosse, sous un habit inconnu, et qu'il y fit le premier essai de la vie plus angélique qu'humaine qu'il voulait embrasser.

Le Martyrologe romain fait mention de saint Fiacre le 30 août. Sa vie se trouve dans le tome cinquième de Surius. Nous nous sommes aussi servi des leçons du Bréviaire de Paris, et de quelques Mémoires qui nous ont été communiqués par M. le curé de Saint-Josse.

CANTIQUE DES JARDINIERS

A

SAINT FIACRE

CHŒUR A L'UNISSON

Le travail pour bien,
Le Christ pour soutien :
Voilà le bonheur du chrétien.

Solo. — O grand patron du jardinage,
Saint Fiacre, écoute nos accents,
Et de nos cœurs reçois l'hommage ;
Nous voulons être tes enfants.
En nous rangeant sous ta bannière,
Symbole d'amour et de paix,
Que ces deux mots : « Travail, prière, »
Soient notre devise à jamais. — Chœur.

Solo. — Le travail est une noblesse
Quand l'accompagne la vertu.
Il devient aussi la richesse,
Sous l'effort d'un zèle assidu.
Toi qui fus pour nous un modèle
De foi, de travail et d'honneur,
Fils de roi, notre voix t'appelle :
Sois toujours notre inspirateur. — Chœur.

NOTA. — Le dernier mot du 2e et du 4e vers des *soli* doit être chanté en chœur, ainsi qu'il est indiqué dans la musique.
— Quand le cantique est chanté avec accompagnement, la ritournelle, après la première fois, doit être toujours jouée entre le refrain et le solo.

Solo. — Tu quittes les splendeurs du trône
Pour le chaume de l'ouvrier,
Et préfères à la couronne
Les durs outils du jardinier.
Ah! nous devinons le mystère...
Tu veux par ton abaissement
Prouver que tout est vain sur terre,
Sauf aimer Dieu fidèlement. —   Chœur.

Solo. — Plaisir, argent, brillants mensonges,
Qu'est-ce, en effet, s'il faut mourir?
Qu'importe le plus beau des songes
S'il doit bientôt s'évanouir?
Tu l'as dit, royal cénobite:
Rien ne vaut pour l'éternité
Que le travail et son mérite,
Le cœur pur et la charité. —   Chœur.

Solo. — Du sein de la gloire céleste
Où Dieu couronna ton labeur,
Veille sur tes frères, et reste
Toujours pour nous l'ami du cœur.
Et puissions-nous sous ta tutelle,
Au jour qui sera le dernier,
Jouir de la vie éternelle
Auprès du divin Jardinier! —   Chœur.

7204. — Imprimerie de Ch. Noblet, rue Cujas, 13, Paris.

CANTIQUE DES JARDINIERS A SAINT FIACRE.

VIEUX CHANT MILITAIRE

arrangé avec paroles et accompagnement d'orgue ou piano

par B. GASSIAT.

PUBLICATIONS
de la Société générale de Librairie catholique

DU MÊME AUTEUR:

ROME VENGÉE ou la vérité sur les personnes et les choses, in-12

LE DOGME DE LA MORT, ses splendeurs, ses délices. Brochure in-12

La Gazette de Seine-et-Oise (nᵒ du 12 avril 1879) appelle ce dernier ouvrage « un chef-d'œuvre oratoire » et lui reconnait « la plus haute valeur théologique et littéraire. »

LES PATRONS DE PARIS. vies de sainte Geneviève et de Mgr saint Denis, d'après le P. Giry, avec une introduction et des prières pour la France et pour Paris en forme de neuvaine. — 1 petit vol. in-18 de 64 pag. 25 c.

VIE ET VERTUS DE LA BIENHEUREUSE GERMAINE COUSIN, bergère, par Louis Veuillot. Edition populaire. — 1 vol. in-18 de 69 pages. 35 c.

SAINTE SOLANGE, vierge et martyre, patronne du Berry, par l'abbé Joseph Bernard, de Montmélian. 1 petit vol. in-18 70 pages orné du portrait de la sainte. 30 c.

BERCHMANS (le B. Jean) de la Compagnie de Jésus, par M. A. de Ranceey. 1 vol. in-18 raisin de 72 pag. avec un portrait du saint. 30 c.

VIE DU BIENHEUREUX PIERRE CANISIUS, apôtre de l'Allemagne, par Adrien de Riancey. — 1 vol. in-18 de 72 p., av. un portrait de Canisius. 35 c.

VIE DE SAINT PIERRE D'ALCANTARA suivie d'une neuvaine de méditations sur les vertus de ce saint, par l'abbé Guérin, chanoine de Givet, avec approbation de Mgrs de Reims et Malines. — 1 vol. in-18 de 78 pages. 50 c.

PIEUX HOMMAGE, AUX SAINTS CANONISÉS LE 8 JUIN 1862. 1 vol. in-32 de 120 pages. 40 c.

HISTOIRE DES DIX-NEUF MARTYRS DE GORCUM, capucins, prémontrés, dominicains, curés, vicaires, etc., exécutés en Hollande; par M. J. M. Villefranche, auteur des *Martyrs du Japon*. — 1 vol. in-18 de 96 pages. 60 c.

MARTYRS DU JAPON (les), histoire des 26 martyrs canonisés en 1862 et des 205 béatifiés en 1867, par M. J. M. Villefranche; 7ᵉ édition. — 1 vol. in-18 de 153 pages. 50 c.

PANÉGYRIQUE DE SAINT AUGUSTIN, prononcé dans l'église de Saint-Augustin, à Paris, les 24 et 31 août 1862, par M. l'abbé Davin, chanoine honoraire de Tulle et de Versailles, aumônier de l'Ecole spéciale militaire. — 1 vol. in-32 de 138 pages. 50 c.

PANÉGYRIQUE DE SAINT DENIS L'AREOPAGITE, évêque d'Athènes et de Paris, patron de la France, prêché dans l'église de Saint-Nicolas des Champs, le 14 octobre 1860, et dans l'église de Saint-Augustin, les 21 et 28 septembre 1862, par le même. — 1 vol. in-32 de 179 pages. 50 c.

Paris. — Imprimerie de Ch. Noblet, 13, rue Cujas.

www.ingramcontent.com/pod-product-compliance
Lightning Source LLC
Chambersburg PA
CBHW060841180626
46818CB00004B/1537